Une baleine sur la plage de Saint-Malo

Du même auteur, dans la même collection :

Au royaume des dinosaures

Deux pirates pour un trésor

ROGER JUDENNE
Illustrations de Christophe Besse

Une baleine sur la plage de Saint-Malo

RAGEOT

Cet ouvrage a été imprimé sur un papier
issu de forêts gérées durablement,
de sources contrôlées.

Couverture : Sess

ISBN 978-2-7002-5761-8
ISSN 1951-5758

Sur la plage de Saint-Malo

Un jour, une baleine vint à passer au large de Saint-Malo. Sur la plage, un petit garçon jouait au cerf-volant. Le cerf-volant ressemblait à un oiseau quetzal. Il était rouge, vert et des papillotes multicolores dansaient sur les longues plumes de sa queue.

La baleine trouva ce grand oiseau de tissu merveilleusement beau et l'admira longtemps.

Soudain le vent capricieux saisit le cerf-volant dans l'un de ses tourbillons, lui fit décrire des pirouettes incontrôlables et le projeta à la mer. Le petit garçon s'avança dans l'eau pour rattraper son bel oiseau. Mais l'eau devint bientôt trop profonde. L'enfant s'arrêta et se mit à pleurer.

La baleine en fut tout émue. Elle donna deux coups de nageoires, prit délicatement le cerf-volant et s'approcha.

Le petit garçon n'eut pas peur, au contraire. Il s'empara de son jouet et dit :

– Merci. Tu es la plus gentille des baleines.

Il fit un pas vers elle. Instinctivement, la baleine ferma les yeux. Alors, l'enfant posa un baiser sur sa paupière.

La baleine n'avait jamais senti la douceur d'un baiser. Et celui-là était doux comme du velours. Elle en fut tout attendrie.

« Je vais rester à Saint-Malo, pensa-t-elle. Peut-être cet enfant reviendra-t-il demain. Peut-être me donnera-t-il encore un baiser… »

En effet, le lendemain, le petit garçon revint sur la plage et se baigna.

La baleine s'approcha de lui avec précaution et il lui donna à nouveau un baiser sur la paupière. Ils jouèrent ensemble.

Au fil des jours, l'enfant s'enhardit. Il monta sur son dos. Puis il apporta son ballon et lui demanda de le tenir en équilibre sur le jet d'eau qui sortait par ses évents.

– Plus haut ! Plus haut ! criait-il en éclatant de rire.

Et toujours, au moment de la quitter, l'enfant lui faisait un gros baiser sur la paupière et le cœur de la baleine en était réchauffé.

À marée haute, l'enfant chevauchait la baleine et ils surfaient sur les vagues.

Au pied des remparts, elle virait en donnant un formidable coup de queue et l'eau de la mer éclaboussait les murailles et parfois même retombait à l'intérieur de la ville.

La marchande de cartes postales gronda :

– Cette baleine, quelle insolente !

Les touristes qui se promenaient sur les remparts s'exclamèrent :

– Cette grosse baleine, quelle impertinente !

Les vacanciers qui se baignaient près de la plage s'irritèrent :

– Cette énorme baleine, quelle imprudente !

Les marins qui pêchaient des sardines au large s'emportèrent :

– Cette monstrueuse baleine, quelle gourmande !

Le capitaine du ferry qui emmenait des passagers à Guernesey protesta :

– Cette baleine est gênante !

Alors, le maire de Saint-Malo décida de faire planter des pancartes en bord de mer :

« INTERDIT AUX BALEINES. »

Mais la baleine avait tellement besoin de l'affection du petit garçon qu'elle ne respecta pas les ordres. Elle resta là, près de l'écluse, bouchant complètement l'entrée du port.

– Repoussez-la au large, séance tenante ! ordonna le maire.

Tous les habitants de Saint-Malo se précipitèrent sur la jetée pour assister au spectacle. Le petit garçon était là, silencieux, assis tristement sur un casier à homards.

On appela la vedette de la capitainerie. On noua un cordage à la baleine et le bateau pétarada. Il tirait, tirait... La baleine regardait le petit garçon droit dans les yeux et résistait, résistait... Le regard de l'enfant lui donnait une force extraordinaire.

– Appelons deux chalutiers ! commanda le maire.

Les deux bateaux arrivèrent.

On attacha un cordage à la baleine et les deux puissants moteurs tirèrent, tirèrent... La baleine regardait le petit garçon droit dans les yeux et résistait, résistait...

– Faites venir les trois plus gros ferrys du port ! ordonna le maire.

Trois navires hauts comme des immeubles de sept étages arrivèrent. On attacha un cordage à la baleine et les trois monstres d'acier tirèrent, tirèrent... Mais toujours, la baleine regardait le petit garçon assis sur la jetée et elle résistait, résistait...

Le maire fit alors venir quatre paquebots, cinq sous-marins, six remorqueurs de haute mer et même un gigantesque porte-avions.

Tous échouèrent.

Toujours la baleine puisait dans le regard de l'enfant une force invincible, une force mille fois plus puissante que celle des plus gros bateaux du monde.

À court d'idées, le maire cria en direction de la foule :
– Cette baleine me ridiculise. Si quelqu'un peut la faire bouger, je lui donne à l'avance ce qu'il veut !

Alors, les Malouins virent une chose peu commune.

Ils virent un garçon de six ou sept ans se lever, traverser la foule, monter dans une barque à peine plus longue qu'un jouet, s'approcher de la tête de la baleine, lui poser un baiser sur la paupière, grimper sur son dos et lui parler doucement.

La formidable baleine contourna délicatement la bouée qui marque l'entrée du chenal et se dirigea vers la plage.

Jusqu'à ce que le coucher du soleil inonde l'horizon de sa lumière dorée, ils jouèrent dans les vagues.

Du haut des remparts, le maire observait le spectacle et plus le temps passait, plus les jeux de l'enfant et de la baleine l'attendrissaient.

Le lendemain, avant même que l'enfant ne vienne lui rappeler sa promesse, le maire fit enlever toutes les pancartes et déclara que, dorénavant, seraient les bienvenus sur la plage de Saint-Malo les baleines bleues, les baleines blanches, les baleines à bosse, les rorquals… enfin toutes les espèces de baleines.

Star de cinéma

Maloune était une baleine bleue qui rêvait de devenir vedette de cinéma.

Mais, même si elle est jolie, une baleine bleue pèse au moins cent tonnes. Et cent tonnes, pour une baleine coquette qui rêve de devenir star de cinéma, c'est beaucoup trop.

– Mon Dieu, c'est affreux! se lamentait-elle. Il faut que je fasse quelque chose!

Le jour même, elle décida de commencer un régime. À la place des céphalopodes à la chair molle et grasse, du krill replet, des calamars dodus et des poulpes rondelets dont elle s'alimentait d'ordinaire, elle choisit un menu allégé. Elle n'avala plus que des mollusques maigres, des crevettes grises et des algues vertes. Son estomac cria bientôt famine.

– Je ne faiblirai pas ! se jura-t-elle.

Pendant une semaine, Maloune souffrit l'enfer mais ne fléchit pas. C'était d'autant plus difficile que les autres baleines, toutes d'énormes animaux qui dépassaient les cent tonnes, ricanaient en la voyant mâchonner des tiges de fucus au petit déjeuner et se contenter d'une gorgée de plancton pour tout dîner.

– Un jour, les plongeurs sous-marins viendront vous filmer avec leurs caméras, expliquait-elle. Quand ils vous verront à la télévision, les enfants se moqueront de vous. Ils diront en riant : « Vous avez vu les énooooorrrrmes bedaines ! »

Les autres ricanaient de plus belle :

– Maloune veut devenir une star !

– … un top-modèle !

Malheureusement, il ne suffit pas de manger de minuscules seiches sans assaisonnement pour perdre plusieurs tonnes.

Un jour, Maloune s'approcha d'un grand iceberg qui dérivait lentement et sauta énergiquement hors de l'eau.

Pendant une seconde, elle resta comme suspendue à la verticale et se vit sur les parois de glace comme dans un miroir. C'était une catastrophe. Elle n'avait pas perdu cent petits kilos !

– Il faut persévérer, persévérer ! déclara-t-elle.

Elle poursuivit un régime encore plus strict, se contentant chaque jour d'un seul et unique repas de crevettes naines.

Les semaines et les mois passaient. Le troupeau remontait vers les mers chaudes du Sud. Maloune ne maigrissait pas.

Un jour, en s'approchant de la côte pour cueillir quelques algues filamenteuses, elle aperçut des baigneuses sur la plage. Elles étaient sveltes et minces.

Maloune s'approcha.

– Le sport, répétait l'une d'elles. Il n'y a que cela de vrai. La course à pied, la gymnastique, les haltères, le stretching...

– Sans oublier le sauna, ajoutait son amie.

Ces paroles furent une révélation pour Maloune. Elle fit un grand bond hors de l'eau pour manifester sa joie. « Cou mince, ventre plat, taille fine, vive le sport ! » se répétait-elle.

Elle se prépara un programme qui ne lui laissa plus une seule minute de tranquillité.

Le matin, elle commençait par une petite nage d'échauffement autour d'une île déserte, suivie d'une séance de sauts au-dessus des vagues.

Puis elle effectuait sa gymnastique en surface. Allongée sur le dos, elle balançait d'abord sa longue queue en cadence. « Et un, et deux… et un, et… »

Ensuite les nageoires pectorales et la tête. « En cadence. Et un, et deux… »

Elle se retournait enfin sur le ventre. « En bas, en haut, en bas... »

Peu avant midi, elle prenait un sauna dans les eaux chaudes qui sortent des profondeurs de la mer.

Après un déjeuner léger et une courte sieste, elle enchaînait course, stretching, culture physique, bain bouillant et douche glacée.

« Ouf ! »

Au bout de cent jours, Maloune avait considérablement fondu. Elle était maintenant aussi mince qu'un poisson-sabre, aussi plate qu'une limande, aussi svelte qu'un poisson-volant.

Les autres regardaient sa silhouette fine avec envie et boudaient calamars dodus, poulpes rondelets et autres céphalopodes grassouillets.

Un jour, des plongeurs sous-marins arrivèrent dans un grand bateau et plongèrent pour filmer les merveilles de la mer. Maloune se précipita et se mit à danser devant l'objectif des caméras.

– Qu'elle est maigre ! s'étonna un plongeur.

– Et décharnée, et squelettique ! ajouta son compagnon.

Ils firent alors demi-tour et s'éloignèrent.

Sur le moment, Maloune en fut vexée. Elle abandonna sport et régime, si bien qu'elle retrouva rapidement la silhouette normale et élégante d'une baleine bleue.

Les deux plongeurs revinrent un peu plus tard.

– Qu'elle est belle ! s'émerveilla le premier.

– Et gracieuse, charmante, chic ! ajouta le second.

Ils la filmèrent pendant des heures tandis que, ravie de tant de compliments, elle glissait avec grâce entre les eaux.

Et c'est ainsi que Maloune la baleine bleue devint vedette de cinéma.

Le trésor de la baleine blanche

Un jour, le capitaine d'un baleinier captura une baleine blanche. Il la hissa sur le pont, mais, au moment de lui couper la tête, il l'entendit lui dire :

– Je vous en supplie, laissez-moi la vie. En échange, je vous livre un secret.

– Un secret ? ricana-t-il.

Il haussa les épaules et s'apprêta à abattre sa hache. La baleine ferma les yeux et laissa retomber tristement sa tête sur le pont.

– Les pièces d'argent seront donc perdues ! soupira-t-elle.

– Les pièces d'argent ! répéta le capitaine. Parle.

– Remettez-moi d'abord à l'eau.

L'homme grommela. Il n'avait pas confiance. Il pensait que la baleine allait plonger et disparaître. Mais la cupidité faisait briller ses yeux et il accepta. Il repoussa la baleine à l'eau dans un formidable plouf.

– Maintenant, le secret ! exigea le capitaine.

– Au large des îles Sous-le-Vent, j'ai vu un bateau pirate attaquer un trois-mâts espagnol. C'était…

– Pas de détail inutile, coupa le capitaine. Le trésor ?

– Le pirate a pris un grand coffre rempli de doublons et l'a caché sur une île déserte, près d'un rocher en forme d'oiseau.

– De quelle île s'agit-il ? s'impatienta l'homme.

– Suivez-moi…

La baleine blanche nagea devant le bateau et le guida. Au bout de trois jours de navigation, ils arrivèrent devant une petite île déserte.

Le capitaine accosta, repéra le rocher en forme d'oiseau, creusa et trouva un coffre rempli de pièces. La baleine rejoignit la haute mer.

Le capitaine se dirigea vers la belle île de Cuba où il dépensa son trésor en quelques jours.

– Par ma barbe ! jura-t-il. Ce trésor n'était pas aussi grand que la baleine me l'a fait croire. Elle m'a trompé.

Il hissa les voiles et mit le cap sur la haute mer. En moins de deux semaines, il retrouva la baleine blanche.

– N'ai-je pas tenu parole ? s'indigna-t-elle.

– Si... enfin, non. Le trésor que tu m'as indiqué était trop petit. Il ne me reste pas le moindre doublon. Alors, je vais te dépecer et te vendre.

Il saisit son harpon et s'apprêta à frapper.

– Je vous en supplie, dit-elle, laissez-moi la vie. Je sais où se trouve un trésor beaucoup plus grand.

Il haussa les épaules et leva son bras. La baleine soupira et laissa retomber tristement sa tête.

– Tant pis. Les trois coffres remplis de pièces d'or seront donc perdus à jamais !

Cette fois encore, la baleine indiqua une île déserte où un autre pirate avait, jadis, caché son butin au pied d'une croix de pierre.

Elle nagea pendant plusieurs jours et guida le bateau.

À peine arrivé, le capitaine sauta à terre, repéra la croix de pierre, creusa et trouva les trois coffres.

La baleine souffla de soulagement et regagna les mers du Sud.

Le capitaine fit voile vers la belle île de Cuba où il but le meilleur rhum. En quelques jours, il dépensa tout son trésor.

– Par ma barbe, jura-t-il. Ce trésor n'était pas aussi grand que la baleine me l'a fait croire. Elle m'a encore trompé.

Il remonta sur son bateau, mit le cap sur les mers du Sud et, en moins de deux semaines, il retrouva la baleine blanche pour la troisième fois.

Il exerça le même chantage pour obtenir un trésor encore plus grand.

La baleine trembla, pensa que le redoutable harpon allait lui transpercer le corps et que ce satané capitaine allait la dépecer une fois pour toutes. Alors, elle eut une idée.

– Je connais une île où sont enterrés sept coffres remplis de rubis et d'émeraudes.

– Des rubis ! Des émeraudes ! Conduis-moi.

La baleine nagea pendant plusieurs jours, guidant le navire vers une île perdue au milieu de l'océan.

Enfin, ils accostèrent.

Le capitaine sauta sur la plage, une pelle à la main, et commença à retourner fiévreusement le sable à la recherche des sept coffres de pierres précieuses.

Il creusa longtemps, partout. Il trouva un coffre, puis un deuxième, puis un troisième…

Tandis qu'il creusait pour déterrer les suivants, la baleine mit son idée à exécution : elle plongea au fond de la mer. Là, elle saisit l'ancre dans sa gueule, remonta et entraîna le bateau derrière elle.

Sur l'île, le capitaine comprit. Les deux bras en l'air, il sautait comme un forcené, rageait, braillait, criait, pestait, pétaradait en lançant mille injures.

La baleine blanche souffla un puissant jet d'eau et entraîna le bateau à l'autre bout du monde. Quant au capitaine, il trouva tous les autres coffres. Il passa le reste de sa vie sur l'île déserte, immensément riche d'un trésor inutile, en maudissant toutes les baleines du monde.

La famille du baleineau

Un jour, des baleines furent surprises par une tempête, tant et si bien qu'un baleineau à peine né se trouva séparé du reste de la troupe.

Quand la tempête fut calmée, le petit fut retrouvé en pleurs par un groupe d'otaries et d'éléphants de mer.

– Il est perdu, dit une femelle toute ronde de sa voix rauque.

– De quelle famille fait-il donc partie ? s'interrogea un lion de mer à la crinière impressionnante.

– Il n'est pas de notre race, grogna un vieux phoque grincheux. Passons notre chemin.

Mais les mères s'indignèrent en poussant des « huit, huit, huit ! » caverneux.

Comme la découverte du baleineau avait interrompu la pêche et que les poissons en profitaient pour se sauver, le chef, une puissante otarie à la crinière épaisse et à la moustache rude, jeta un ordre :

– Emportons ce marmot. Ma famille s'en occupera !

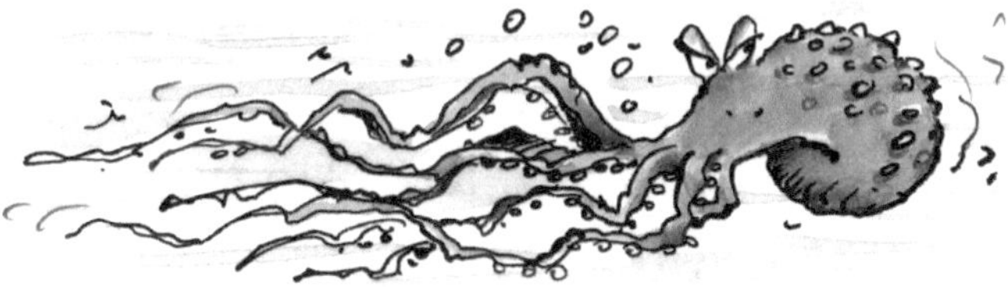

Le temps passa. Le grand hiver polaire arriva. La troupe trouva refuge sur les côtes de Patagonie. Puis l'été revint. Le jour ne finissait plus. Le soleil éclairait l'océan qui se teintait de couleurs douces.

Le baleineau avait beaucoup grandi. Il restait pourtant chétif et sa taille ne dépassait pas celle des grandes otaries. Les mères l'avaient baptisé Mochito parce qu'il était à la fois laid et maigre.

– Pourquoi ne suis-je pas comme vous ? demandait-il souvent. De quelle race suis-je donc ?

– Je ne sais pas. Je n'ai jamais vu d'animaux qui te ressemblent.

On lui caressait la tête pour le consoler. Mais les jeunes otaries étaient méchantes.

– Tu es un peureux. Tu ne sors même pas de l'eau pour te sécher au soleil, disaient les unes.

– Tu es laid. Tu ne nous ressembles pas. D'ailleurs, tu ne ressembles à personne, disaient les autres.

Mochito donnait un brusque coup de queue et allait pleurer tout au fond de la mer en se répétant :

« Ce n'est pas vrai. Un jour, les miens viendront me chercher. Ils seront grands, ils seront beaux et ils feront un long cortège pour m'emmener vers les mers chaudes. »

Mais le temps passait et personne ne venait le chercher. Mochito répétait toujours les mêmes paroles et cela irritait davantage les otaries.

Elles lui pinçaient le dos, lui mordaient les nageoires, l'empêchaient de respirer. Sa vie devint un enfer.

Un jour, le chef dit :

– C'est bientôt l'équinoxe. Organisons une grande fête.

On choisit une crique arrondie. On déplaça des rochers pour former des gradins. On aménagea une piste en sable fin.

Les mâles préparèrent des numéros de jonglage, d'équilibre sur une nageoire, de ventriloque.

Les lions de mer s'entraînèrent à soulever des blocs de cent kilos, à porter sur leur dos des pyramides de phoques.

Les femelles répétèrent un opéra qui devait être le clou du spectacle.

Tout le monde avait un rôle, sauf Mochito qui ne pouvait pas gagner la terre ferme. Il en était très malheureux.

Le jour du spectacle arriva. On applaudit les phoques et les lions de mer.

Puis le grand rideau d'algues rouges s'ouvrit et l'opéra commença.

Le chœur des otaries entonna un chant qui parlait de voyage et d'îles merveilleuses. La belle otarie-cantatrice s'avança au milieu de la scène, pointa une nageoire vers le public et gonfla la poitrine.

À ce moment, un immense trac la paralysa. Elle avait la respiration bloquée et aucune note ne sortait de sa gorge. Le public ricanait.

Dans l'eau, à quelques mètres de la plage, Mochito assistait au drame. Il commença à chanter.

Sa voix était belle, pure, haute comme la petite corde d'un violon. Il était rare d'entendre un chant aussi magnifique.

Les phoques, les lions de mer, les otaries et même les éléphants de mer, pourtant d'un naturel grincheux, applaudirent.

Attirée par ce chant qui se propageait dans l'océan, une immense troupe de baleines arriva et entoura la piste. C'était la famille de Mochito.

À la fin de l'opéra, tout le monde applaudit à s'en rompre les nageoires. Les otaries auraient bien voulu garder ce chanteur extraordinaire, mais Mochito prit place au milieu de sa famille et, dans un long cortège, les baleines l'emmenèrent vers l'océan Pacifique.

Une baleine à Paris

Un pêcheur attrapa dans son filet un bébé baleine d'une espèce très particulière qui n'était pas plus gros qu'une sardine. Il le mit avec les autres poissons et le vendit à un poissonnier qui l'apporta à Paris.

À Paris, un client l'acheta avec trois ou quatre sardines qu'il avait l'intention de manger le soir même. En arrivant dans son appartement, il aligna les petits poissons sur la table et remarqua que l'un d'eux respirait encore. Il le mit dans l'eau. Là, le baleineau retrouva ses esprits et fit des cabrioles joyeuses.

– Je vais te trouver un aquarium, décida l'homme. Quand je serai un peu triste, tu me feras rire.

Il plaça l'aquarium sur la cheminée. Quand il était assis à table, il observait le baleineau nager, tourner, souffler par ses évents un jet d'eau de quelques centimètres de haut, plonger en claquant la queue à la surface. Cela l'amusait beaucoup.

Au fil des jours, le baleineau grandit. Bientôt, il emplit l'aquarium et ne put plus bouger. Il fixait l'homme, l'œil collé contre la vitre, le museau écrasé dans un coin.

– Tu n'as plus assez de place, dit l'homme. Je vais t'installer dans la baignoire.

Dans la salle de bain, le baleineau reprit ses jeux. Il nageait à vive allure dans la baignoire, éclaboussant le mur dans les virages. L'homme était content pour lui.

Cependant le baleineau grandissait toujours. Bientôt, les jets d'eau qu'il soufflait atteignirent le plafond.

L'homme riait très fort. Mais un jour, il dut se rendre à l'évidence : le baleineau emplissait toute la baignoire et ne pouvait plus bouger le moindre petit bout de nageoire.

– Tu es trop à l'étroit là-dedans, dit l'homme.

Il installa l'animal dans le bassin du jardin du Luxembourg. Le baleineau retrouva alors sa joie de vivre.

Il tournait à toute vitesse en donnant de forts coups de queue dans l'eau, ce qui éclaboussait les passants.

L'homme était heureux de le voir s'ébattre ainsi. Des nuées d'enfants criaient des encouragements pour qu'il vire encore et encore.

– Plus vite, plus vite !

Cependant, deux semaines plus tard, comme le baleineau avait encore grandi, le bassin fut trop petit. Le gros animal appuyait sa lourde tête contre le bord et regardait l'homme et les enfants avec un gros œil rond rempli de tristesse.

– Ce bassin n'est plus assez grand, se désespéra l'homme.

Il utilisa une énorme grue pour transporter l'animal dans la Seine. Le baleineau reprit alors ses jeux.

Il nageait à vive allure autour de l'île Saint-Louis, éclaboussant les bouquinistes et les touristes. L'homme était heureux de le voir s'ébattre ainsi. Les badauds l'applaudissaient.

Cependant, le baleineau grossissait toujours. Bientôt, les bateliers se plaignirent, car il faisait des vagues trop hautes. Les péniches risquaient d'être englouties par les remous.

L'homme comprit que seule la mer serait assez grande pour son protégé. Il monta sur son dos, fit un grand signe de la main pour dire au revoir à Paris ; puis ils descendirent la Seine et gagnèrent la mer.

La baleine à bosse rose

Une baleine à bosse avait le dos de couleur rose. Quand elle plongeait, son dos s'arrondissait et on aurait dit qu'elle avait une bosse rose.

Comme il est très rare qu'une baleine à bosse ait une bosse rose, sa réputation était grande dans tous les océans du monde. Mais elle était prétentieuse, avare, autoritaire et rusée.

Pour que sa bosse reste rose, elle devait manger plusieurs tonnes de crevettes par jour. Attention ! Pas n'importe quelles crevettes : de petites crevettes identiques à celles que mangent les flamants et qui donnent cette coloration rare.

Seulement ces minuscules crevettes vivent dans des lagunes peu profondes où il est difficile de pénétrer.

Plus la baleine à bosse rose grossissait, plus il lui était difficile d'y accéder. Elle ne parvenait plus à récolter les tonnes de nourriture qui lui étaient nécessaires. Aussi sa bosse commençait-elle à pâlir.

– Il me faut de l'aide, constata-t-elle. Je vais embaucher une ouvrière.

La baleine à bosse rose n'avait pas l'intention de la payer.

Alors, quand une petite baleine à bosse tordue se présenta, misérable et affamée, la baleine à bosse rose dicta ses conditions :

– Tu rapporteras les crevettes dont ma bosse a besoin pour garder sa coloration rose. En échange, je te nourrirai et je te paierai. Mais attention, avec moi, il est interdit de se fâcher. Si tu te fâches, je ne te paierai pas ! À l'inverse, si c'est moi qui me fâche, tu auras le droit d'écrabouiller ma belle bosse rose. Tu sais combien j'y tiens. N'est-ce pas le gage que je tiendrai parole ?

Convaincue, l'autre accepta le marché. Dès l'aube du lendemain, elle prit un filet et partit à la pêche.

Elle lutta contre les courants et les fortes vagues. Et quand elle arriva en vue de la côte, il fallut encore qu'elle remonte un bras de mer, qu'elle s'écorche le ventre contre les galets du fond et qu'elle fasse des efforts épuisants pour pénétrer dans la lagune. Pourtant, courageusement, elle se mit à sillonner l'eau.

En haute mer, les crevettes sont grosses et nagent en bancs serrés. En une heure, une baleine peut en pêcher plusieurs tonnes. Elle s'était imaginé que c'était partout pareil.

La malheureuse ! Ici, il fallait les poursuivre à perdre haleine pour les capturer.

Cependant, elle travailla sous le soleil brûlant tout le reste de la journée et, au soir, son filet était rempli.

« Ouf ! se dit-elle, je peux rentrer. »

Elle quitta la lagune, franchit les bancs de galets, descendit le bras de mer et gagna le large. L'eau froide des vagues lui redonna de la vigueur et elle arriva chez sa maîtresse à la tombée de la nuit.

– Ce n'est pas trop tôt ! J'ai cru mourir de faim !

La baleine à bosse rose s'installa confortablement et dégusta les minuscules crevettes.

– Ton repas et ton salaire du jour ! dit-elle en pointant la nageoire vers un rocher où elle avait posé quelques calamars maigrelets et trois coquillages nacrés.

La pauvre ouvrière regarda le maigre repas, les coquillages avec lesquels elle ne pourrait même pas acheter un mauvais poisson et s'insurgea :

– Cette nourriture est infecte et ce salaire est ridicule. J'ai travaillé comme un forçat. Je veux un bon repas et dix coquillages de nacre !

La baleine à bosse rose s'arrêta de manger.

– Oh ! Mais tu te fâches ! répondit-elle. Rappelle-toi nos conditions.

Et elle saisit un lourd rocher avec lequel elle écrabouilla la bosse tordue de la pauvre ouvrière.

La malheureuse rentra chez elle en grommelant contre cette mauvaise maîtresse qui avait gratuitement obtenu un plein filet de crevettes. Elle raconta tout à ses deux sœurs.

– Je vais te venger, décida l'une d'elles. Demain, je me ferai embaucher par cette prétentieuse.

Elle y alla effectivement et, sans dire qui elle était ni pourquoi elle venait, elle accepta de récolter les tonnes de crevettes.

– Tu sais combien ma bosse m'est précieuse. N'est-ce pas le gage que je tiendrai parole ? répéta la baleine à bosse rose qui se réjouissait à la pensée des succulentes petites crevettes qu'aujourd'hui encore elle n'aurait pas le mal de pêcher.

L'autre partit, travailla tout le jour et revint à la nuit tombante, épuisée, le ventre écorché par les galets, le dos brûlé par le soleil, les yeux gonflés de fatigue, mais bien décidée à ne pas se fâcher.

– Ton repas et ton salaire ! dit la baleine à bosse rose en pointant la nageoire vers le rocher où elle avait posé des lambeaux de poulpe et cinq ou six débris de coquillages nacrés.

La sœur serra les mâchoires, mais ne répondit rien. Elle mangea la mauvaise pitance et empocha les débris de coquillages. Puis elle s'apprêta à dormir.

– Oh, ta journée n'est pas finie, dit la maîtresse. Prépare ces deux cents kilos de krills pour mon petit déjeuner.

L'autre n'en pouvait plus de fatigue. Sans réfléchir, elle répondit :
– J'ai travaillé comme un forçat. J'ai gagné le droit de dormir.
– Oh ! Mais tu te fâches ! répondit la maîtresse.

Et elle saisit un lourd rocher avec lequel elle écrasa la bosse de la pauvre sœur. La malheureuse rentra chez elle en grommelant contre cette mauvaise maîtresse qui l'avait fait travailler sans respecter sa parole. Elle raconta tout à ses sœurs.

– J'irai demain et je te vengerai, dit la plus jeune qui s'appelait Nalie.

Elle se fit embaucher. La baleine à bosse rose lui répéta :

– Souviens-toi qu'ici on ne doit jamais se fâcher. Sinon…

Nalie travailla tout le jour et revint à la nuit tombante, fatiguée, écorchée, brûlée par le soleil, mais bien décidée à se contenir.

– Ton repas et ton salaire du jour ! dit la baleine à bosse rose en pointant la nageoire vers un reste de tentacule de vieille pieuvre et un éclat de coquillage.

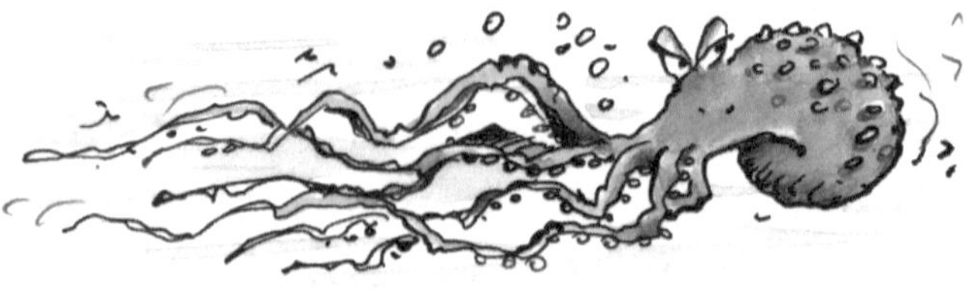

L'ouvrière serra les mâchoires, mais ne répondit rien. Elle mangea puis s'apprêta à dormir.

– Avant de te coucher, prépare ces calamars pour mon petit déjeuner, ordonna la maîtresse avec un sourire malin.

Nalie serra les mâchoires et entreprit de découper les calamars en fines lanières. Quand elle eut fini, il était minuit passé. Le fond de la mer était tout noir. On ne voyait qu'une lumière au chevet du lit de sable où la maîtresse dormait.

Nalie s'approcha, lui secoua la nageoire et lui demanda :

– Maîtresse, le coussin sur lequel repose votre belle bosse est-il bien placé ?

La baleine ouvrit ses gros yeux remplis de sommeil.

– Ne provoque-t-il pas de démangeaisons ?

Jamais personne ne s'était permis de troubler son sommeil pour lui poser une question aussi idiote.

Elle se redressa, l'air furieux.

– Te moques-tu de moi ? Couche-toi et dors, espèce de petite...

– Oh, mais vous vous fâchez, maîtresse !

– Comment ne pas se fâcher quand une…

Avant même qu'elle ne finisse sa phrase, Nalie saisit un énorme bout d'épave et écrabouilla la belle bosse rose.

Quand la prétentieuse maîtresse se regarda dans son grand miroir, elle poussa un cri effrayant et, rouge de honte, nagea vers des mers inconnues et l'on n'entendit plus jamais parler d'elle.

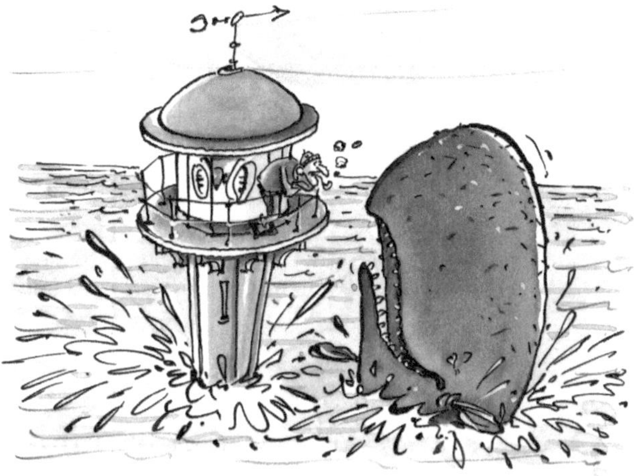

Le phare des baleines

À mille milles de la côte, il y avait un phare.

Dans le phare, il y avait un gardien, un vieux gardien qui veillait à ce que la grosse lanterne ne s'éteigne jamais. Si la lanterne s'éteignait, les bateaux feraient naufrage sur les récifs.

Le gardien était là depuis de longues années.

Toutes les années sont semblables, me direz-vous. Il n'y en a pas de longues ou de courtes.

Erreur. Les jours de pluie sont beaucoup plus longs que les jours de soleil.

Et pour le vieux gardien, les années étaient très longues parce qu'il était seul.

Un jour, une baleine passa devant le phare et vit le vieil homme accoudé au balcon de la lanterne. Il regardait la mer.

– Je suis seul, lui dit-il. Reste un peu avec moi. Tu me tiendras compagnie.

– Je veux bien, répondit la baleine.

Le bonhomme alluma sa pipe et regarda la baleine qui restait là, devant le phare, sans bouger. Que pourrait-elle faire pour le distraire ?

« Je vais tourner autour du phare », décida-t-elle.

Elle fit un tour, puis deux, puis trois…

En haut, le gardien la regardait nager de plus en plus vite. Il tournait la tête sans cesse. Bientôt, il eut mal au cou et il fit un geste pour qu'elle cesse.

« Je vais danser dans les vagues », se dit-elle.

Elle se cabra, sauta, virevolta.

Le gardien la suivait des yeux, mais il avait vu tant de dauphins et de marsouins jouer dans les vagues que cela ne l'amusa pas.

« Que puis-je donc faire ? » s'inquiéta la baleine.

La tristesse du vieux gardien lui faisait beaucoup de peine. Elle aurait tant voulu le voir sourire !

Elle se lamenta si fort que des larmes coulèrent de ses beaux yeux.

Elle pleura, sanglota si intensément qu'une plainte sortit de sa bouche. C'était une musique lente et très mélodieuse.

La baleine chantait.

La mélodie s'éleva jusqu'au balcon du phare.

Le vieux gardien tendit l'oreille, sourit et ôta la pipe de sa bouche.

C'était beau. Très beau.

Depuis ce jour, les gardiens de tous les phares du monde regardent la mer du haut de leur tour et espèrent qu'une baleine passera et chantera pour eux.

Sur le dos de la baleine

Un jour, le mousse d'un grand voilier tomba à la mer sans que personne ne remarque sa chute. L'infortuné garçon nagea, nagea aussi vite qu'il le put, mais il ne parvint jamais à rattraper son bateau. Il se retrouva seul, perdu dans l'immensité de la mer après plusieurs heures d'efforts.

– Au secours ! cria le mousse en voyant une baleine passer par là.

La baleine tourna la tête et vit le jeune homme, presque un enfant, qui se débattait dans les vagues.

– Je suis tombé à la mer. Je vais me noyer. S'il te plaît, emmène-moi à terre.

– D'accord, dit la baleine. Monte sur mon dos.

Le mousse grimpa sur le cétacé, s'assit et regarda droit devant. Deux jours plus tard, ils arrivèrent en vue d'une île minuscule.

– Je ne peux pas approcher du rivage car je risque de m'échouer, expliqua la baleine. Mais j'ai une idée.

Elle arrondit son dos, si bien que le mousse glissa comme sur un toboggan. Alors, d'un gentil coup de queue, la baleine l'expédia sur le sable de la petite plage.

Le mousse fit rapidement le tour de l'île. Elle était très belle, avec des palmiers, des fleurs, des fruits et une source qui bruissait dans les rocailles. Mais elle était déserte, pas un perroquet ou un ouistiti à qui parler.

– Je vais m'ennuyer ici, dit-il à la baleine. Reprends-moi sur ton dos et emmène-moi ailleurs.

– D'accord, dit la baleine. Nage jusqu'à moi.

Le mousse reprit sa place sur son dos, s'assit et observa le vaste océan. Il était fier d'être le cavalier d'une si puissante monture. Deux jours plus tard, un voilier apparut.

– Je crois que tu seras bien sur un bateau, mais je ne peux pas approcher parce que je crains les hommes, expliqua la baleine.

Elle fit le dos très rond, le mousse glissa comme sur un toboggan. Alors, d'un coup de queue, elle l'expédia sur le pont du navire.

Le capitaine portait un bel uniforme bleu et une casquette blanche. Il s'approcha, mit ses deux mains sur ses hanches et observa le garçon.

– Sois le bienvenu à bord, dit-il. Notre mousse a une forte fièvre. Tu le remplaceras.

Le garçon se vit soudain frotter le pont pendant des heures, monter dans les haubans, aider le cuisinier, faire le ménage dans la cabine du capitaine, balayer, laver, astiquer, ranger. Il cria à la baleine :

– Je vais m'ennuyer ici. Emmène-moi vers un port.

– D'accord, dit la baleine. Monte sur mon dos.

Le mousse plongea et s'assit sur la tête du cétacé. Ils visitèrent les mers chaudes, jouèrent avec les dauphins, écoutèrent les histoires que contaient les tortues marines. Ils flânèrent dans des criques au sable blanc, longèrent les côtes fleuries du Mozambique et explorèrent l'archipel des Moluques.

La vie était belle. Tantôt le mousse s'allongeait sur la peau veloutée de son ami et se laissait caresser par le soleil, tantôt il riait aux éclats quand ils caracolaient dans les vagues.

Si le sommeil l'engourdissait, la baleine repliait sa longue nageoire sur lui et il dormait en rêvant à de nouvelles découvertes.

De temps en temps, la baleine lui disait :

– Voici un port où je pourrais te conduire, voici un navire sur lequel tu pourrais embarquer, voici une ville, voici une île, voici des hommes…

Mais toujours le mousse répondait :

– Tu sais bien que tu ne peux pas approcher : il y a du sable où tu t'échouerais, des hommes qui te harponneraient, des récifs, des rochers, des hauts-fonds, des bas-fonds, des courants, des contre-courants…

– Tu as raison ! répondait la baleine, et elle poursuivait sa route sans s'arrêter.

Et puis un jour, ils gagnèrent les mers turquoise semées d'îles couvertes de fleurs et le cétacé ne lui proposa plus jamais de partir.

Des albatros racontent qu'au cours de leurs longs voyages ils les ont aperçus, dans l'archipel des Mascareignes, le long des côtes du Chili, au large des îles du Cap-Vert... Sans doute n'imaginent-ils plus parcourir le monde en solitaire...

Le pêcheur et la baleine

Une tempête avait jeté une baleine sur une plage. Un pêcheur de crevettes passait par là, poussant son filet devant lui.

– Tu me rendrais un grand service en me remettant à l'eau, lui dit la baleine.

– Si cela peut te sauver la vie, répondit le pêcheur.

Il posa son filet sur le sable, releva plus haut les pattes de son pantalon et poussa fort, très fort. Bientôt la baleine eut assez d'eau autour d'elle pour nager et regagner le large.

– Merci, lui cria-t-elle. Tu m'as sauvé la vie. Que puis-je faire pour toi ?
– Rien, répondit le pêcheur. Je suis heureux de t'avoir rendu service. Ça me suffit. Porte-toi bien.

La baleine fit deux ou trois bonds hors de l'eau et disparut. Le pêcheur rentra dans sa pauvre maison au toit de roseaux. Sa femme triait les coquillages qu'elle avait ramassés à marée basse. Il lui raconta ce qui venait de lui arriver.

– Idiot ! lui dit-elle. Tu aurais dû lui demander une barque en bois. Ainsi tu aurais pu pêcher des sardines et gagner davantage. Cette baleine n'est peut-être pas très loin. Retournes-y et appelle-la.

Le mari regagna le rivage, mit ses mains en porte-voix et appela la baleine qui fit rapidement surface.

– Ma femme dit que j'ai eu tort de ne rien te demander. Nous sommes pauvres. Si j'avais une barque en bois, je pourrais pêcher des sardines.

– Va dans le port, répondit la baleine en soufflant un fort jet d'eau. Une barque en bois est amarrée devant la capitainerie. Elle est à toi.

L'homme courut jusqu'au port où il trouva effectivement une barque. Il monta à bord et partit pêcher des sardines. Il en rapporta de pleins paniers que sa femme vendit au marché. En quelques semaines, elle amassa suffisamment d'argent pour acheter une belle maison.

Un jour qu'il mouillait ses filets en haute mer, le pêcheur eut la surprise de rencontrer à nouveau la baleine. Une orque la poursuivait.

– Elle veut me faire du mal, cria-t-elle. Jette ton filet sur elle. Le temps qu'elle s'en dépêtre, je pourrai me sauver et lui échapper.

– D'accord, consentit le pêcheur.

Il jeta son filet, ce qui interrompit net la chasse de l'orque. L'animal ragea, bondit, s'entortillant davantage dans le filet, et faisant dans la mer un barouf des cent mille diables.

– Merci. Tu m'as sauvé la vie, dit la baleine. Que puis-je faire pour toi ?

– Rien, répondit le pêcheur. Je suis heureux de t'avoir rendu service. Porte-toi bien.

La baleine fit deux ou trois bonds et disparut.

Le pêcheur rentra dans sa maison et raconta à sa femme ce qui venait de lui arriver.

– Idiot ! lui reprocha-t-elle. Il fallait demander un bateau de fer pour pêcher de très gros poissons. Ainsi, j'achèterai de beaux meubles, des robes et des bijoux.

Le mari retourna en mer et rappela la baleine.

– Ma femme dit que j'ai eu tort de ne rien te demander. Avec un grand bateau de fer, elle pense que je pêcherai de plus gros poissons.

– Va dans le port, déclara la baleine. Il y a un navire de trente mètres de long. Il est à toi.

L'homme trouva effectivement un chalutier amarré au quai. Il monta à bord et partit au grand large.

Il pêcha des harengs, des maquereaux, des morues, des raies, des thons, des espadons et même des requins-marteaux.

Sa femme eut rapidement beaucoup d'argent. Elle acheta des meubles, des robes et les bijoux dont elle rêvait.

– Rapporte bien tout ce que tu captures, lui répétait-elle sans cesse.

Un jour, le pêcheur eut la surprise de prendre la baleine dans ses filets.

– Je t'en prie, relâche-moi, lui demanda-t-elle.

– Ma femme répète que les animaux de la mer appartiennent à celui qui les a pris et elle veut que je les lui rapporte tous.

– S'il te plaît... supplia la baleine.

– Ce n'est pas possible ! Il fallait nager plus loin.

En entendant cela, la baleine entra dans une formidable colère. Elle allait d'un côté à l'autre, passait sous le bateau, virait de bord, plongeait, sautait, provoquait de si grosses vagues que le bateau fit naufrage.

Le pêcheur se retrouva au milieu de la vaste mer, seul, accroché à une épave.

Heureusement, le courant marin finit par le ramener sur la côte.

Il chercha la belle maison qui contenait de si beaux meubles, sa femme qui portait de si belles robes et de si précieux bijoux.

Mais il ne vit qu'une pauvre maison de pêcheur au toit de roseaux et une femme aux pieds nus qui ramassait des coquillages sur la grève.

Alors, il reprit son filet et partit à la pêche à la crevette.

La ruse de la baleine

Il y a cent ans, un redoutable chasseur de baleines parcourait les mers. Il s'appelait Mac Henfer. À cette époque, les baleines étaient nombreuses. Le bruit courait qu'il en avait tué plus de mille.

Mordori était un seigneur des mers, une baleine bleue mâle de plus de cent cinquante tonnes.

Cette année-là, le capitaine Mac Henfer chassait dans les mers froides de l'Antarctique, à mille milles au large de la Géorgie du Sud. Il avait capturé trente-sept cétacés depuis le début de la campagne, mais il rêvait de harponner l'animal fabuleux, rusé, courageux qui le hisserait au rang des plus grands chasseurs de tous les temps.

Du matin au soir, il fouillait du regard l'immense étendue d'eau verte, à la recherche de cet animal à l'intelligence rare, à la beauté parfaite, au poids fabuleux, à la force redoutable, bref, toujours à la recherche d'un adversaire à sa mesure, une baleine qui lui donnerait des émotions et enfin satisferait son insatiable plaisir de chasseur.

Un matin, il aperçut Mordori dans le rond de sa lorgnette.

– Par ma barbe, jura-t-il, voilà enfin un adversaire à ma taille !

Il commanda la manœuvre et son bateau s'approcha à vingt pas de Mordori. Alors, debout à la proue du bateau, le bras tenant haut un harpon, il lui lança :

– Grillé au feu de bois sur la plage ou cuit au court-bouillon dans une grande marmite, moi, Mac Henfer, je te mangerai !

Il tira le harpon qui piqua l'épaisse peau. Mordori tourna la tête, vit le capitaine barbu qui s'agitait sur le pont de son bateau et répondit :

– Cuit ou grillé, avant tout, il faut m'attraper !

Ses nageoires et sa formidable queue battirent l'eau. Il partit à toute vitesse, entraînant derrière lui le bateau et le capitaine qui sautait sur le pont en lui adressant des bordées d'insultes.

Il se dirigea vers un rocher, fit mine de passer à bâbord et, au dernier moment, vira à tribord. Le bateau passa d'un côté, la baleine de l'autre. Le rocher coupa la corde.

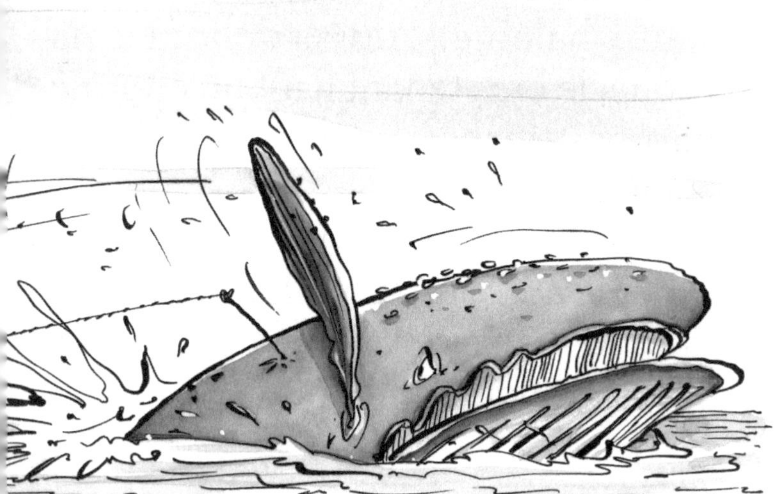

– Par ma barbe ! éructa Mac Henfer. Je jure que je te rattraperai !

Mordori réussit à arracher le harpon. La blessure cicatrisa et le grand mâle retrouva sa vie paisible.

De son côté, le capitaine sillonna l'océan, la rage à fleur de pipe. Un matin, il aperçut Mordori dans l'œilleton de sa lorgnette.

– Par ma barbe, s'exclama-t-il, je t'ai enfin retrouvé !

Son bateau s'approcha de la puissante baleine. Alors, debout à la proue, le bras tenant haut un énorme harpon attaché à un cordage, il lança à son adversaire :

– Grillé au feu de bois sur la plage ou cuit au court-bouillon dans une grande marmite, moi, Mac Henfer, je te mangerai !

Il poussa un cri de rage et propulsa le harpon qui se planta dans l'épaisse peau de la baleine. Mordori tourna la tête, reconnut le capitaine qui sautait de joie sur son bateau et répondit :

– Cuit ou grillé, avant tout, il faut m'attraper !

Ses nageoires et sa formidable queue battirent l'eau. Il plongea précipitamment et atteignit des profondeurs vertigineuses.

Le capitaine se réjouissait, sûr qu'il était que le cétacé serait obligé de remonter pour respirer.

Mais Mordori était un merveilleux nageur. Quand il fut au fond, il tira si fortement que le bateau commença à s'enfoncer, menaçant même de couler quand l'eau parvint au ras du bastingage. Mac Henfer fut obligé de donner un coup de hache pour couper le cordage.

– Par ma barbe ! éructa le capitaine. Je jure que je t'aurai !

Mordori réussit à arracher le harpon. La blessure cicatrisa et il retrouva sa vie paisible.

Le capitaine sillonna les mers, la rage à la bouche et la colère au cœur. Cinq autres fois, Mac Henfer retrouva la baleine et tenta de la harponner. Cinq nouvelles fois, Mordori réussit à lui échapper.

Un matin, le capitaine le repéra sur les eaux vertes de l'océan.

– Par ma barbe, jura-t-il, cette fois-ci, je te réserve une surprise !

Son bateau s'approcha. Quand il fut à bonne distance, il lança d'immenses filets dans lesquels les nageoires et la formidable queue de Mordori s'empêtrèrent.

– Grillé au feu de bois sur la plage ou cuit au court-bouillon dans une grande marmite, moi, Mac Henfer, je te mangerai !

Il poussa un cri de victoire.

Dans l'eau, Mordori se débattait. Il frappait l'eau si fort que l'écume des vagues éclaboussait la tête des mâts.

Mais les filets étaient solides, et plus il essayait de se dégager, plus il s'emmêlait. Bientôt, il fut tout à fait immobilisé contre le flanc du bateau.

– Par ma barbe ! triompha Mac Henfer, je suis le plus fort. Mais je dois reconnaître que je n'ai jamais rencontré pareil adversaire. Nul autre que toi n'est assez intelligent pour trouver les mille ruses que tu as employées.

Il alluma son brûle-gueule et poursuivit :

– Aussi je vais te donner une chance. Si tu es plus intelligent que moi, je te laisserai la vie et je te rendrai même la liberté. Ah ! ah ! ah !

Le rusé capitaine s'assit au bord du bateau, les jambes pendant juste au-dessus de la tête du captif, et lui lança :

– Toi qui es si intelligent, dis-moi quelque chose de très intelligent. De vraiment très intelligent. Ah ! ah ! ah ! Si tu dis vrai, tu seras grillé au feu de bois sur la plage. Si tu dis faux, je te ferai cuire au court-bouillon dans une grande marmite. Ah ! ah ! ah !

Il rejeta sa gorge en arrière, rit et rit encore.

– Dans les deux cas, je te mangerai ! Ah ! ah ! ah !

Mordori réfléchit, sourit malicieusement et, d'un signe de nageoire, il lui demanda de se pencher pour lui glisser à l'oreille :

– Je veux être cuit au court-bouillon dans une grande marmite.

– D'accord, je vais te faire cuire dans une grande marmite, dit le capitaine en se frottant les mains.

– Mais ce n'est pas possible, opposa Mordori.
– Et pourquoi donc ?
– Parce que si tu me fais cuire dans une grande marmite, alors ce que j'ai dit est vrai. Et si ce que j'ai dit est vrai, tu dois me faire griller au feu de bois.
– Exact. Tu as parfaitement raison. Je vais te faire griller sur un bon feu de bois, déclara le capitaine en se frottant à nouveau les mains.

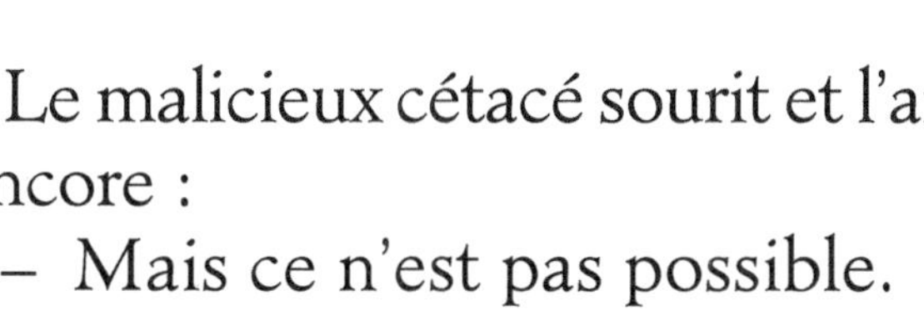

Le malicieux cétacé sourit et l'arrêta encore :
– Mais ce n'est pas possible.
– Et pourquoi donc ?

– Parce que si tu me fais griller sur un feu de bois, alors ce que j'ai dit est faux. Et si ce que j'ai dit est faux, tu dois me faire cuire dans une grande marmite…

Le capitaine releva sa casquette, se gratta le crâne et réfléchit. Soudain, il comprit. Alors, il poussa un grand cri, se redressa comme un diable et lança les mille plus terribles jurons de son répertoire.

Puis il prit sa hache, trancha filets et cordages et rendit la liberté à la baleine.

Le refuge des naufragés

Longtemps, on a cru que les baleines engloutissaient de gros poissons du matin au soir et que leur ventre énorme pouvait en contenir des quantités phénoménales.

Il se murmurait même parmi les marins qu'il y avait tant de place dans ces ventres-là que certains bateaux n'auraient pas disparu au cours de tempêtes, mais auraient été avalés tout entiers par quelque gigantesque et monstrueuse baleine.

C'est faux. Les baleines n'ont pas de dents mais des fanons et elles ne mangent que des crevettes qui, comme chacun sait, ne dépassent pas la taille d'un doigt d'homme.

Mais alors, qu'y a-t-il dans le ventre énorme des baleines ?

Un jour que je me promenais sur les remparts de Saint-Malo, je rencontrai Joseph, un vieux marin qui me raconta une histoire vraiment extraordinaire.

On disait qu'il n'avait plus toute sa tête depuis que, tout jeune, il avait fait naufrage au large de Terre-Neuve.

Par miracle, on l'avait retrouvé vivant treize jours plus tard sur une plage de Tadoussac, au Canada.

Joseph était assis sur une pierre, protégé du vent du large par la muraille d'une échauguette. Ses yeux bleus se perdaient au-delà de l'horizon. Je m'assis à côté de lui et nous engageâmes la conversation.

Il me raconta qu'il était né rue Surcouf, dans une famille de pêcheurs. Il n'avait pas connu son père qui avait péri en mer avant sa naissance.

À l'âge de onze ans, il avait embarqué comme mousse sur le *Sainte-Anne*, un bateau qui partait pour les bancs de Terre-Neuve pêcher la morue.

– Au moment du départ, poursuivit-il, les deux mains posées sur sa canne, ma mère pleurait. Pensez donc, elle n'avait que moi au monde. Mais que voulez-vous, on est marins de père en fils. Nous voguions sur un voilier aux cales chargées de sel, avec l'espoir de revenir six ou huit mois plus tard avec une cargaison de morues. Oh, un mousse n'espère pas faire fortune, mais une bonne campagne pouvait rapporter assez pour assurer un hiver tranquille à sa mère.

Le voilier avait navigué cap à l'ouest pendant plus de trente jours tandis que l'équipage préparait des dizaines et des dizaines de lignes.

– Parce qu'à cette époque, monsieur, on pêchait les morues à la ligne, une par une. Ce n'était pas comme aujourd'hui avec les filets.

Arrivés au large de Saint-Pierre, la campagne commença. Le temps était au froid, mais la mer était calme et les morues au rendez-vous.

– C'est vorace ces bêtes-là ! À peine posée, la ligne était secouée par les poissons qui se jetaient sur les appâts. On travaillait de trois heures du matin jusqu'à onze heures du soir, en prenant à peine le temps d'avaler une soupe bien chaude ou un café bouillant. Le capitaine était content. Les cales se remplissaient rapidement. Mais une nuit, la tempête a surgi. Des vagues énormes, un vent violent, des trombes d'eau. On n'a pas eu le temps de s'abriter. Une lame de fond a retourné le bateau et nous a tous jetés à la mer, en pleine nuit, dans une eau glacée.

Le vieil homme s'arrêta et me dit à voix basse :

– Je peux bien vous l'avouer, monsieur, avant de perdre connaissance, j'ai revu le visage de ma mère et je me suis dit que je le voyais pour la dernière fois.

Je partageais déjà la peine de sa pauvre femme de mère quand je me dis que c'était idiot. L'homme n'avait pas péri en mer puisqu'il me racontait son histoire.

J'étais attentif. Joseph le remarqua, ce qui l'incita à poursuivre :

– Combien de temps restai-je sans vie, je l'ignore. Quand je m'éveillai, mon corps était comme paralysé. Je ne pouvais bouger aucun membre tant j'avais froid. J'ouvris les yeux. Je me trouvais dans un endroit éclairé par des chandelles aux flammes jaunes, une grotte, une cave ou une cabane sans fenêtres. Le vacarme de la tempête me parvenait, très assourdi, et je ressentais les balancements de la houle.

« Je suis dans la cale d'un bateau, me dis-je. J'ai été secouru par un navire. »

Une dame se pencha vers moi. Elle glissa sa main sous ma tête, approcha une tasse de mes lèvres et versa une boisson très chaude dans ma bouche.

Je ne saurais dire si elle était jeune ou vieille, blonde ou brune, mais je me souviens qu'elle était belle, très belle.

Cette présence me surprit parce que les femmes n'embarquaient jamais sur les terre-neuvas. Puis le liquide brûlant me réchauffa le corps et me plongea dans un profond sommeil.

Joseph s'arrêta. Il leva le bras en direction de la mer et sa main ondula au rythme de la houle, me faisant comprendre que plusieurs jours s'étaient écoulés.

– Enfin, je m'éveillai. J'éprouvais l'agréable sensation que tous mes muscles avaient retrouvé leur vitalité. Je me redressai et m'assis sur mon « lit ». Tout à fait au fond, la lumière des chandelles projetait l'ombre de la belle dame sur les parois courbes et palpitantes de… la pièce. Mais où étais-je donc ?

Il secoua la tête et reprit :

– À intervalles réguliers, un souffle puissant résonnait sourdement et une bouffée d'air marin pénétrait à l'intérieur par un soupirail ouvert au plafond. Je n'osais pas interpeller la dame. Je me levai et inspectai les lieux. Tout était en ordre et ressemblait étrangement à la cabine d'un bateau. C'était douillet, confortable et rassurant. Je rêvais quand la belle dame posa sa main sur mon bras. Je me retournai.

– Nous ne sommes pas arrivés, dit-elle. Comment se fait-il que tu te sois éveillé ?

– Mais où sommes-nous ?

– C'est un secret. Tu ne devras jamais le révéler.

Elle me guida vers l'avant. Une minuscule ouverture s'agrandit. Je ne compris pas sur le moment. J'étais au fond d'un tunnel au bout duquel la mer roulait des vagues vertes.

– Regarde…

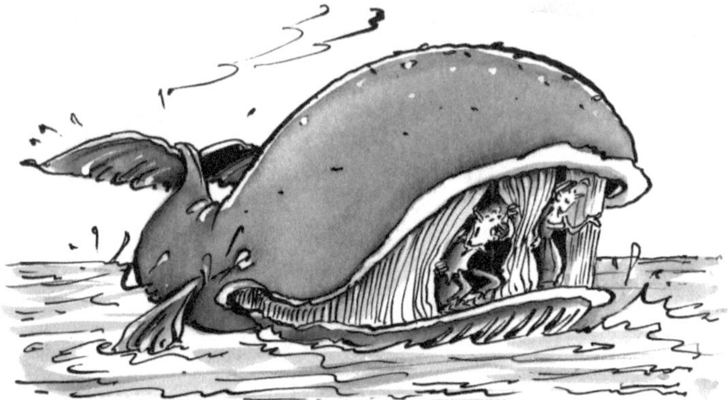

Je m'avançai. La vision s'élargit. Je vis le ciel bleu, l'horizon, le soleil.

– Tu es dans le ventre d'une baleine, me dit-elle.

Je frémis. La pensée que j'avais été avalé par une baleine et que je me trouvais dans son énorme estomac m'effraya.

La belle dame sourit et ajouta :

– C'est là que les naufragés trouvent refuge !

Joseph cessa de parler. Il se tourna vers moi et observa mon visage, à la recherche d'un sourire moqueur. Il fut sans doute rassuré parce qu'il ajouta :

– Quelques jours plus tard, on s'approcha d'une grève de galets. La belle dame me fit ses adieux et me recommanda à nouveau de ne jamais révéler le secret. La baleine ouvrit son immense bouche et je fus éjecté de son ventre. Je me retrouvai sur la plage de Tadoussac…

Il se tourna à nouveau vers moi et répéta comme pour me convaincre :

– Parce que le ventre des baleines, monsieur, c'est le refuge des naufragés, mais personne ne veut le croire. Vous, ce n'est pas pareil. Vous regardez la mer avec les yeux d'un poète. Je suis sûr que vous comprendrez…

TABLE DES MATIÈRES

L'AUTEUR

Roger Judenne vit à Chartres, mais il a grandi dans un village de la vaste plaine de Beauce, à une époque où les fermes étaient peuplées d'animaux et ressemblaient aux images des albums. Il affectionnait particulièrement les chevaux percherons, des animaux énormes pour un enfant.
Sans doute cette habitude des grands espaces et l'amour pour ces animaux impressionnants lui ont-ils fait aimer la mer infinie où vivent les paisibles baleines.
Roger Judenne a publié soixante livres, tant en littérature jeunesse qu'en romans du terroir.

L'ILLUSTRATEUR

Christophe Besse a adoré illustrer cette histoire et espère de tout cœur que ça se remarquera ! Au premier coup d'œil, ses dessins paraissent un désordre à l'opposé de sa brosse au carré. Quand on y regarde de plus près, on découvre un désordre organisé avec un soin extrême du détail, et de savoureux personnages, malicieux, insupportables, pétillants.
Christophe Besse vit près de Paris, il a trois enfants et les fenêtres de son atelier donnent sur un jardin apprécié des tortues.
Vous pouvez le retrouver sur son site : http://www.christophebesse.com

DANS LA MÊME COLLECTION

L'amour c'est tout bête,
Gilles Fresse.

Quentin est amoureux de Chloé, qui vient d'arriver dans sa classe. Seulement il est si timide qu'il n'ose pas l'aborder…

Le club des animaux,
Marc Cantin.

En fondant la Société de Protection des Animaux en Détresse, Camille et Léa n'imaginaient pas qu'elles devraient secourir un dauphin, un chaton, un cheval…

Le blog des animaux,
Marc Cantin.

Camille, Pauline et Léa créent un blog pour venir en aide aux animaux du voisinage. Aussitôt les appels affluent !

Chien riche, chien pauvre,
Kathryn Cave.

Deux chiots sont abandonnés. Le premier est offert au roi et reçoit une éducation distinguée.
Le second grandit dans la rue et devient un voleur redouté. Mais un jour…

Où sont les animaux ?,
Dirk Nielandt.

Fatigués de travailler pour les humains et d'être maltraités, les animaux décident de disparaître dans un chapeau magique !

La plus grosse bêtise,
Évelyne Brisou-Pellen.

Hilaire, surnommé Pupuce, est un gros chien qui adore faire des bêtises. Mais elles ne sont pas toujours du goût de ses maîtres !

Retrouvez la collection

RAGEOT Romans

sur le site www.rageot.fr

Achevé d'imprimer en France en décembre 2020
sur les presses de l'imprimerie Jouve-Print, Mayenne
Dépôt légal : mai 2018
N° d'édition : 5761 - 05
N° d'impression : 2959774Y